U0053513

大偵探
福爾摩斯

─── 奪命的結晶 ───

SHERLOCK HOLMES

序

　　有一個很著名的笑話，叫「蘇格蘭的羊」，內容如下。

　　一個天文學家、一個物理學家和一個數學家乘火車聯袂出遊。他們看到車窗外有一隻黑羊。

　　天文學家說：「原來蘇格蘭的羊是黑色的。」

　　物理學家聞言，就說：「在蘇格蘭有一隻羊是黑色的。」

　　然而，數學家卻說：「在蘇格蘭，至少有一隻羊的其中一面是黑色的。」

　　天文學家以偏蓋全，看到一隻黑羊就以為蘇格蘭的羊都是黑色的。物理學家小心一點，只敢說他眼前的那隻羊是黑色的。數學家更小心，他沒有看到其他的羊，而他眼前的那隻黑羊，只是其中一面朝着他，所以他就說出了上述的意見。

　　那麼，換了是福爾摩斯的話，他又會怎樣說呢？

　　我估計，他可能會說：「那真的是一隻羊嗎？」因為，事事講求驗證的他，不會只靠表面的觀察就下結論。如果一定要作出判斷，他必定會下車走到羊的身邊，檢查一下牠的真偽。此外，他還會用水為那隻羊洗刷一下，以證明黑色的羊毛不是染上去的。

　　其實，我們看問題時，也應該持有這種態度，不可只看表面就馬上作出結論。看福爾摩斯的偵探故事，就可培養這種看待事物的態度了。

厲河

聽完上述的笑話後，令我想起其實在繪畫方面也能應用這個道理，多觀察被繪物的結構和比例，就能準確地把它們繪畫出來。例如，就算只是繪畫簡簡單單的一隻手，也要因應不同性別和年紀而採用不同的畫法呢！在這種態度下繪畫，一定會有所進步的啊！

余遠鍠

孩童的手　男人的手　女人的手　老人的手　李大猩的手

一隻狗的圖畫，其實也隱藏了內裏的骨骼結構。

大偵探福爾摩斯

奪命的結晶

登場人物介紹

福爾摩斯
居於倫敦貝格街221號B。精於觀察分析，知識豐富，曾習拳術，又懂得拉小提琴，是倫敦最著名的私家偵探。

華生
曾是軍醫，為人善良又樂於助人，是福爾摩斯查案的最佳拍檔。

M博士
專門針對福爾摩斯的神秘智能犯。

小兔子
扒手出身，少年偵探隊的隊長，最愛多管閒事，是福爾摩斯的好幫手。

李大猩＆狐格森
蘇格蘭場的孖寶警探，愛出風頭，但查案手法笨拙，常要福爾摩斯出手相助。

當奴鼠
為人刻薄的雜貨鋪老闆。

瑪姬
食物中毒案中的母親。

卡里奇先生
心地善良的旅館老闆。

雪莉
瑪姬的長女。

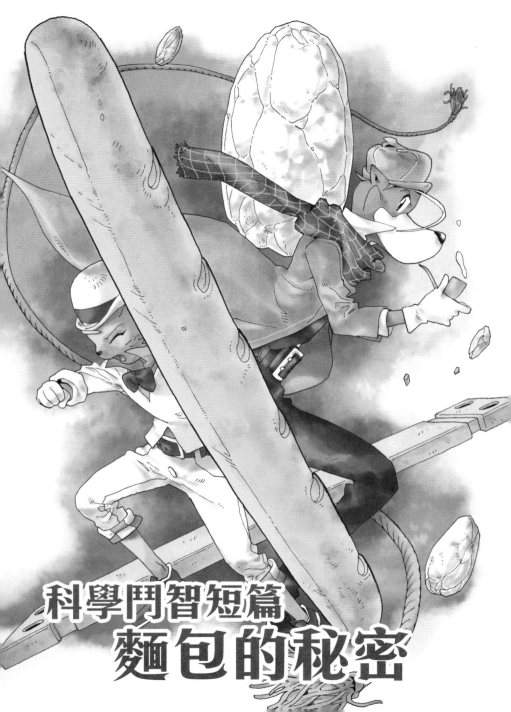

科學鬥智短篇
麵包的秘密

法式 長棍麵包

福爾摩斯和華生來到了**多佛爾海峽**，眼前是一望無際的大海，背後是白色的峭壁，落日餘暉把海面照出了一片金黃。兩人看着地圖，好像是在找尋什麼地方。

「M博士在信上所指的**海濱公園**，應該就在附近。」福爾摩斯說。

華生看看地圖，然後指着左面遠處說：「大概是在那邊。」

兩人向着那個方向走去，不一刻，就來到一個被鐵絲網重重圍住的小公園。鐵絲網的當眼處，還掛着一塊告示牌，上面寫着：「*DANGER! FALLING ROCKS!*（危險！注意落石！）」

不過，鐵絲網已被人剪開了一個洞，足可讓一個人通過。福爾摩斯和華生當然不理告示的警告，馬上就鑽了進去。

「M博士的信中說公園內有滑梯、蹺蹺板和秋千，看來就是這個公園了。」華生看着公園內的兒童遊樂設施說。

福爾摩斯聞言，像想起了什麼似的，馬上從口袋中掏出一封信，仔細地看完又看。信上這樣寫着……

福爾摩斯先生：

　　一別數月，別來無恙吧？

　　你的一位好朋友應我邀請到多佛爾海峽白色峭壁的海濱公園遊玩，那兒有滑梯，有蹺蹺板，又有秋千，很好玩的啊。不過他玩得樂極忘形，竟不小心身陷困境，如在明天月亮高掛於夜空之前不把他救出，他就會窒息而死啊。

　　　　　　　　　　　M博士　字

　　這封信是昨天寄到貝格街221B福爾摩斯家中的，他們收到信後已馬上連夜趕來，但來到這裏時，已是第二天的黃昏。

　　這個海濱公園看來已荒廢多時，距離滑梯7至8呎之遙的地方，還有一塊巨石，它的四周則佈滿了碎石，看來是從山上掉下來的，剛才看到的落石警告果然不假。

　　華生往四周看了看，道：「這個公園不大，看來沒有囚禁人的地方啊。」

　　「不，M博士既然說在這裏，那個被擄的朋友肯定會在附近，只是我們還未找到而已。」福爾摩斯說完，好像看到什麼似的，急步往蹺蹺板走去。

　　「真奇怪，竟有這種東西放在這裏。」福爾摩斯發現一個法式長棍麵包放在蹺蹺板上，

「唔？麵包底部還寫着兩行字呢。」

「要找到你的朋友，必須先找出此麵包獨一無二之處。」

If you want to find your friend, you must find out the unique point of this baguette first.

華生拿過麵包，前後左右的把麵包檢查了一遍，卻找不到什麼 獨一無二 之處，於是說：「只是一條普通的麵包而已，沒什麼特別啊。」

「一定有 提示 的，究竟是什麼呢？」福爾摩斯呢喃。

他在公園內走了個圈，也沒發現什麼，正苦惱不堪之際，突然，蹺蹺板的右端向上 蹺起，原來，累了的華生剛在蹺蹺板的左端坐下。

　　這一下動作，似乎觸動了大偵探的腦神經。

　　「唔？法式長棍麵包的**形狀**，不是跟蹺蹺板很像嗎？難道兩者有什麼**關連**？」福爾摩斯看看手上的長棍麵包，又看看蹺蹺板。

　　「像是像了，但麵包是用來**吃**的，蹺蹺板是用來**玩**的，根本就不同嘛。」華生沒好氣地說。

　　「不同……啊！我明白了，是**支點**！」福爾摩斯興奮地大叫。

　　他的叫聲把華生嚇得跳起來，蹺蹺板失去華生的重量，

他離坐的那端迅即**翹起**。

「什麼支點？」華生緊張地問。

福爾摩斯沒答話，只是急急忙忙地脫下圍巾，並從圍巾上拉出一條幼線來。然後，他又把幼線圈到麵包中間，讓麵包掛在線圈上。接着，他不斷微調幼線的位置，嘗試找出麵包左右的**平衡點**。

華生看着看着，突然醒悟：「啊！我明白了，你要找出這條麵包的**支點**！」

「你說中了。」福爾摩斯道,「剛才你說麵

包與蹺蹺板不同,我才注意到它們不一樣之處

——蹺蹺板的**底座**就是它的支點,但麵包並無

顯示支點,必須我們自己動手找出來。」

華生恍然大悟,道:「原來如此,蹺蹺板

就是M博士的提示,所謂**獨一無三**之處,就

是長棍麵包的支點，因為它的支點只有一個。」

「對！任何棒狀的東西，只有一個支點。」

說着，福爾摩斯已用幼線量出長棍麵包的平衡點，當然那也就是它的支點了。

「找到了支點後又怎樣？」華生問。

「切開看看就知道了，可能有提示藏在麵包的支點內。」福爾摩斯在支點上勒緊幼線，然後掏出小刀，慢慢地沿着幼線切開麵包。

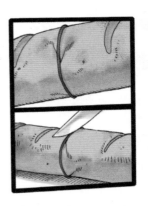

麵包輕易地被切成兩截了，可是，麵包裏

什麼都沒有！

「怎會這樣的？」華生愕然。

福爾摩斯臉上也露出**困惑**的神色，他沉思片刻，突然眼前一亮，道：「麵包內沒有提示，即是說『支點』本身已是提示了，只是我們必須找出『支點』與**囚禁地點**的關聯何在。」

華生拚命思索，可是他抓破頭皮，也想不出箇中的**秘密**。

月亮高高掛

「還有多少時間？」福爾摩斯問。

「M博士那封信說，如在**月亮**高掛於夜空之前不把我們的朋友救出，那位朋友就會窒息而死。現在已逐漸天黑了，月亮很快就會高掛在夜空啊。」華生擔心地說。

「為什麼是**窒息而死**呢？窒息跟月亮掛在夜空又有何關係呢？」福爾摩斯自言自語。

華生想了想，道：「窒息即是沒有**空氣**，難道那人被**囚禁**的地方在月亮高掛時就會沒有空氣？」

「問得好，但月亮與空氣並沒有任何關係呀。」福爾摩斯望向海濱公園外那片寧靜的大

海，感到束手無策。

「月亮、窒息、支點，M博士究竟搞什麼鬼啊！」華生越想越糊塗了。

福爾摩斯沒理會華生，他閉上眼睛沉思，首先，他整理出以下幾個不同的窒息情況，但哪一種跟月亮有關呢？

1. 因被外力掩住了鼻和口，就會窒息。
2. 吊頸或脖子被扼緊，也會窒息。
3. 被困於狹窄的環境，空氣越來越少，最終就會窒息。
4. 遇溺，也會窒息。

第 1 和第 2 個情況，都與**外力**有關，跟月亮拉不上關係。第 3 個情況與被困的**環境**有關，與月亮也扯不上邊。那麼，就餘下第 4 個情況了，遇溺與水有關，那麼月亮與水有關嗎？

福爾摩斯想到這裏，突然靈犀一閃，大叫：「**我明白了，是水！只有水才會與月亮有關！**」

華生給嚇了一跳，以為老搭檔給逼得瘋了，沒好氣地說：「怎麼每次遇到難題，你都是說與水有關？上次李大猩和我們被困在火車的車廂內，你說水可以**照明** *，結果給你猜中了。但這次可不同啊，水又怎會與月亮有關，你以為是

『**水中撈月** 』嗎？」

福爾摩斯無視華生的質問，只是說：「去那邊的**護欄**看看。」

說着，他已走到公園與海邊之間的護欄。華生連忙跟上。

「看！」福爾摩斯指着海面說，「海面離我們現在站着的地面約**10呎**，但防波牆上的青苔顯示，潮漲時海水會再升高**3呎**左右。」

「那又怎樣？」華生不明所以。

「**潮汐**的漲退，不是與月亮有關嗎？」

＊詳情請看《大偵探福爾摩斯⑫智救李大猩》。

一言驚醒夢中人，華生嚷道：「我明白了！這就是月亮與水的關係！」

「沒錯！」大偵探興奮地道，「月亮的引力會令潮水上漲，潮水上漲後，會淹過本來沒淹過的地方，如果有人被困在那種地方，就會被上漲的海水淹過並窒息而死！」

「好厲害！竟然給你想通了。可是，被困的人在哪裏呢？」華生往防波牆下面看去，並沒有發現什麼。

福爾摩斯道：「我們的那個朋友，一定不會被綁在防波牆下面，否則已早被我們發現了。」

「那怎辦？」華生問。

「找出潮漲與囚禁地點的關係，相信就能找到我們那位朋友被困的位置了。」

潮漲與囚禁地點的關係？又一個難題攔在

面前，華生喃喃自語：「**潮漲……囚禁地點……潮漲……囚禁地點……**」但想來想去也想不通。

福爾摩斯則凝視着那逐漸上升的**水位**，腦裏的齒輪急速運轉，他知道不儘快找到答案，那位不知名的朋友必會被水**淹死**。可是，潮水已在眼前，他被困的地方又在哪裏呢？

長棍麵包的提示是「**支點**」，那麼，囚禁地點一定與「支點」有

關，只要利用「支點」，應該就能找到囚禁地點了。但「支點」又有什麼用？福爾摩斯想到這裏，不期然地回過頭去，海濱公園的那塊**蹺蹺板**又再映入他的眼簾。

「支點是不是與**力學**有關？」福爾摩斯問。

「是呀，這是小學程度的常識啊。」

「那麼，只要利用這個力學原理，就可以搬動重物了？」

「沒錯，只要用**一塊板**和**一塊石**，就能搬動很重的東西。」華生答。

「我明白了！」福爾摩斯大叫，並馬上奔往蹺蹺板。

他拔去底座與蹺蹺板連接的 **軸心**，整塊板很輕易就給他拆下來了。

「華生，我們一起把這塊 **石頭** 推到那塊巨石旁邊，快！」福爾摩斯走到一塊高兩呎左右的石頭旁說。

「為什麼？」華生問。

「支點！要利用支點 **移開** 那塊大石！快！」

華生見老搭檔催得急，也不敢再問，連忙合力把石頭推往 **巨石**。

雖然那石頭也很重，但兩人利用 **滾動** 的方法推，很快就把石頭推到巨石旁邊停下。

「一起把蹺蹺板抬過來，架到石頭上。快！」

福爾摩斯再催促。

　　不一刻，兩人就把蹺蹺板架好了，木板的一端插進巨石的下方，另一端則蹺起，指向滑梯的**高台**。

　　「這不就是一條 <u>**槓桿**</u> 嗎？」華生終於明白了。

　　「沒錯，我們就是要利用這條臨時槓桿，把那巨石移開。」福爾摩斯說，

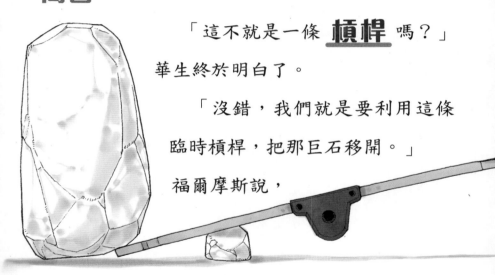

「來！一起登上那滑梯的高台吧。」

　　華生馬上就跟着老搭檔上了高台。

　　從高台往下看，**臨時槓桿**蹺起的一端正好就在下方。

逃出生天

「準備好了嗎？」福爾摩斯問，華生點點頭，他早已知道老搭檔要做什麼了。

「**好！來了！一、二、三！**」福爾摩斯大叫。

　　叫聲剛落，兩人同時躍起，然後凌空落

下，猛然踏向木板蹺起的**前端**。

　　「**隆**」的一聲，巨石被蹺蹺板的另一端

撬起，往後滾動了數呎。

「哎呀！」華生慘叫一聲，摔到地上。

不過，身手敏捷的福爾摩斯只在地上打了一個**跟頭**，馬上就站起來了。同時，他已看到，巨石原本壓着的地方露出了一個**圓洞**。

「有人在上面嗎？救命呀！」一把聲音從地洞傳來。

福爾摩斯連忙奔到地洞口，他往下一看，發現叫救命的原來是**狐格森**，只見他已被上漲的潮水淹到**脖子**上了，如果不快把他拉上來，他一定會被淹死。

「你等一下！我和華生找條繩子把你**拉**上來！」福爾摩斯向洞下的狐格森喊道。

「太好了！我被人擄來這裏，已被困半天了，本來只是**水深及腰**，現在卻快淹死我啦！快去找**繩子**吧！」狐格森叫道。

「繩子？在這種地方，哪裏去找繩子啊！」華生不禁問道。

福爾摩斯想也不用想似的，已奔到**秋千**那邊，拆下吊着秋千的兩條繩子，並把它們縛成一條更長的繩子，很輕易就把狐格森拉上來了。

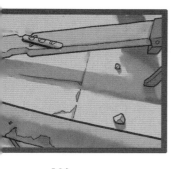

這時，華生才明白，原來公園內的**蹺蹺板**、**滑梯**和**秋千**，全部都有各自的用處，M博士要和福爾摩斯鬥智，其實一早已安排好了。當然，如果不能看破箇中秘密，它們就毫無用處了。

攀上來的狐格森已全身**濕透**，他高興得擁着福爾摩斯，又笑又哭地道：「能夠見到你們真好啊，還以為這次死定了！」

「沒想到M博士竟然擄了你，你有份破壞他的**火車大劫案** *，他

*詳情請看《大偵探福爾摩斯⑧驚天大劫案》。

一定是仍懷恨在心吧。」福爾摩斯笑道。

　　各人舒了一口氣後，肚子都不約而同地「咕」的一聲響起，這才想起大家已一整天沒吃東西了。不用說，那條長棍麵包馬上就大派用場，三人不用一分鐘就把它吃光了。與此同時，月亮已高掛在夜空之上了。

　　「M博士！多謝你的麵包，味道還不錯呢！」福爾摩斯吃完，仰天大呼一聲。他知道，那個可惡的傢伙一定躲在暗處監視他們的一舉一動。

果然，山上有個**黑影**躲在矮樹叢中。他咧嘴一笑，似乎對福爾摩斯的**挪揄**毫不介意。對他來說，福爾摩斯除了是敵人之外，也是一個**旗鼓相當**的好對手，這個對手一日未敗在他手下，他就可以一直玩下去，直至玩厭為止！

科學小知識

【潮汐】

　　潮水的漲退與月球和太陽的引力有關，一般每天漲退兩次，但也有漲退一次的。這現象在日間發生，稱為「潮」；晚間發生的話，則稱為「汐」。

　　福爾摩斯能破解這個難題，是因為他估計海濱公園的地底與海有一條下水道相連，當潮水上漲時，下水道的水位也會上漲。而下水道一般會有井筒與地面連接，巨石壓着的就是這種井筒的入口（圖1）。我們在街上，也會很容易看到這種井筒，俗稱坑渠蓋的鐵製蓋子，就是用來蓋着這些井筒。

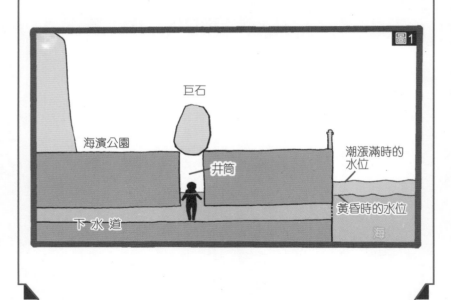

圖1

巨石

海濱公園

井筒

下水道

潮漲滿時的水位

黃昏時的水位

海

科學小知識

【支點】

這是物理學的名詞。《現代漢語大詞典》的定義是：槓桿賴以支撐物體而發生作用的固定不動的一點。

一條棒形的物體上，只有一個支點。如果整條棒形物體由頭到尾都一樣粗，重量也平均的話，那麼，就如圖2所示那樣，棒形物體的左右兩邊平衡，它的支點就在正中間。

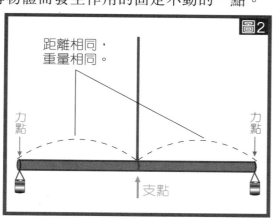

距離相同，重量相同。

力點

力點

支點

左	右
支點與力點的距離 X 重量 ＝ 支點與力點的距離 X 重量	

福爾摩斯就是根據這條槓桿原理的公式，以較少的力，來撬起看來很重的巨石了（圖3）。

即是說，福爾摩斯和華生合計的體重，再加上他們跳下時的衝力，只要多於250磅，就能利用蹺蹺板架成的臨時槓桿來撬起巨石了。

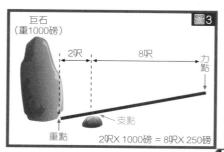

巨石（重1000磅）

2呎

8呎

力點

支點

重點

2呎X 1000磅 ＝ 8呎X 250磅

科學鬥智短篇
數字的碎片

工錢的爭執

　　福爾摩斯和華生在市郊調查完一宗跟**金絲眼鏡**有關的案子*後，拖着疲累的身體，在黃昏時分回到了貝格街的住所附近。

　　「你別欺負人！羅拔說他的**工錢**$沒這麼少！」一把響亮的聲音傳來。

　　「唔？這不是**小兔子**的聲音嗎？他又在惹事生非了？」福爾摩斯說。

*詳情請看《大偵探福爾摩斯⑮近視眼殺人兇手》。

華生往聲音來處看去，只見一群人圍在一間**雜貨店**的門口起哄，看來是發生了爭執。

　　「臭小子！你吵什麼？工錢又不是你的，你少多管閒事！」接着，又響起另一把**尖叫**似的喝罵聲。

　　華生問道：「要不要過去看一下？」

　　「算了，看來只是**小爭執**罷了，別為這些小事浪費時間。」福爾摩斯搖搖頭，準備轉身離去。

　　「哎呀！那不是福爾摩斯先生和華生醫生嗎？」在群眾中的**阿猩**看見兩人，馬上叫起來。阿猩是由街童組成的「**少年偵探隊**」的隊員，曾經與隊長小兔子一起，幫助福爾摩斯偵破「乞丐與紳士」一案*。

　　群眾都轉過頭來，看着福爾摩斯和華生。

*詳情請看《大偵探福爾摩斯⑥乞丐與紳士》。

　　小兔子聽到了叫聲，從人群中鑽出來，向兩人叫道：「福爾摩斯先生，碰到你真好。**你過來評評理！**」

　　「啊！福爾摩斯？不就是那位著名的私家偵探嗎？」

　　「哎呀！他長得頗**英俊**呢，不知道有沒有女朋友呢？」

　　「據說他很有正義感，最愛**多管閒事**。」

　　「你說什麼呀，這應該叫做**抱打不平**。」

　　「那麼，由他來主持公道就最好了。」

　　坊眾七嘴八舌的討論。

　　福爾摩斯知道在**眾目睽睽**之下已無處可避，只好和華生一起走近小兔子，並問道：「怎麼了？

你又惹了什麼麻煩嗎？」

「不是我，是羅拔和那間雜貨店的老闆發生爭執。」

「誰是羅拔？爭執什麼？」

小兔子把福爾摩斯拉到一旁，低聲說：「羅拔是我的朋友，他是個**裝修工人**。」

「那又怎樣？」

工錢的爭執

「那間雜貨店的老闆叫**當奴鼠**，是個出名刻薄的傢伙，他今天叫羅拔來塗油漆和釘造木架，只肯付 **3鎊** 當作工錢，但羅拔說這跟談好的工錢差了一大截。」

「這還不簡單嗎？去勞工部**投訴**那個當奴鼠不就行了？」福爾摩斯說。

「哎呀，那麼簡單就不必叫你出馬啦。」小兔子沒好氣地說，「羅拔幼時**發高燒**弄壞了腦筋，凡是**數字**都記不牢。他自己也說不清談好了多少工錢，只是總覺得少了。」

「原來如此，這可不易處理啊。」福爾摩斯皺起眉頭。

就在這時，剛才那把尖叫似的罵聲又起：

「喂！還站在這裏幹嗎？**工錢3鎊**，要就拿去，不要我就收回了。」

小兔子聞言，連忙奔回人群之中，叫道：

「**且慢！**我請了福爾摩斯先生來評理。」

看熱鬧的群眾主動讓開了一個缺口，好讓福爾摩斯和華生通過。

穿過了人群一看，只見一個穿工人服的少年**垂頭喪氣**地站在一旁，看他的衣服上沾了不少油漆，不用介紹，也知道他就是裝修工人了。

一個態度**囂張**的中年人則與小兔子**對峙**，尖聲叫道：「臭小子！你憑什麼評理？快給我滾！」

不用說，他就是雜貨店老闆**當奴鼠**了。

「嘿嘿嘿，老闆，他們只是小孩子罷了，用不着那麼兇呀。」福爾摩斯施施然地趨前道。

「什麼？你少管——」當奴鼠轉過頭來想罵，但一看到高個子的福爾摩斯站在自己前面，他那副兇相簡直就像**變戲法**那樣，霎地變成笑臉，「嘻嘻嘻，原來真的是福爾摩斯先生來了，還以為那些頑童在**嚇唬**我呢。」

「啊？你認得我嗎？」福爾摩斯問。

「嘻嘻嘻，這條貝格街上的住客，有誰我不認得？」當奴鼠邊搓着雙手邊說，顯然他對我們的大偵探有點顧忌。

「那就好辦啦，你不介意我主持公道吧？」

「不介意，當然不介意。」當奴鼠回答時，眼神閃縮，看來心中有鬼。

福爾摩斯轉過身去，向羅拔道：「你先說一說事情的始末吧。」

羅拔看一看各人，然後戰戰兢兢地道：「今早開工時，老闆說工錢跟上次一樣，我沒問多少錢就開工了。但是，到剛才付工錢時，他卻只給我3鎊，我總覺比上次少了。」

「不過，你又記不起上次收了多少工錢$，是嗎？」福爾摩斯問。

「是的。但我記得老闆上次說我的人工好貴，等於買油漆的三倍價錢……」羅拔吞吞吐吐地說，好像對自己的記性也沒有信心。

當奴鼠聞言馬上發難：「對呀，我記得這樣說過呀！但我已忘記買油漆花了多少錢，總之你的工錢就是3鎊嘛，肯定沒錯。」

福爾摩斯想了一想，向當奴鼠問道：「你的支出沒有單據嗎？查一下單據不就清楚了。」

「單據？」當奴鼠一臉不屑地說，「我的單據都在 腦袋 裏，哪需用紙張記錄下來。」

華生聞言暗忖，沒有單據的話，就很難證明誰是誰非了，只見福爾摩斯眉頭深鎖，看來也感到 束手無策 。

　　就在這時，一個**頭巍巍**的老店員在當奴鼠身後探出頭來，並把一張紙遞上，說：「老闆，這裏有張你寫的紙，記下了早兩天那次裝修的**支出**。」

　　「什麼？」當奴鼠**赫然一驚**，伸手就想奪回那張紙。然而，福爾摩斯出手更快，他已一手把紙片搶走。

　　「唔？只有支出的**總數**，並沒列出每項的支出啊。」福爾摩斯看了一眼說。

當奴鼠聞言連忙奪回紙片，只見上面寫着：「油漆、工錢和木頭，合計12鎊。」他鬆了口氣，然後狡猾地笑道：「嘿嘿嘿，福爾摩斯先生，真不幸呢，就只有這個支出的總數了。」

小兔子在旁聽得不耐煩，他向當奴鼠嚷道：「你一定把其他單據藏起來了！快交出來！」

「臭小子！別含血噴人，上次裝修右面的雜物房就是花了12鎊，今天是裝修左面的雜物房，面積一樣，做的工作也一樣，工錢是3鎊，錯不了！」當奴鼠理直氣壯地說。

福爾摩斯彷彿沒聽到兩人的爭論似的，只是冷靜地問：「紙上所說的木頭是什麼？」

「那是用來釘造貨架的材料，兩間雜物房都用相同的貨架，釘工已包在工錢裏面。」當奴鼠說。

「那麼，買木頭用了多少錢？」福爾摩斯裝

作若無其事地問。

當奴鼠眼神中露出懷疑的神色，似乎在揣摸大偵探的這一問是否有詐，他沉思了一下，又堆起那張令人討厭的笑臉道：「嘻嘻嘻，對不起，我已忘記花了多少錢買木頭呢。」

當他以為福爾摩斯沒奈何時，忽然，那個老店員又從當奴鼠背後伸出頭來：「哎呀，老闆，我想起來了。」

「想起什麼？這裏沒你的事，回去工作吧！」當奴鼠慌忙喝道。

「不，老闆有麻煩，我怎可**坐視不理**。」老店員說起來還真有點**見義勇為**的氣勢，「我記得你和送木頭來的人吵架，那人走後，你指着他的背脊罵，說什麼**木頭比油漆還貴2鎊**，真坑騙人。」

當奴鼠聞言氣極，罵道：「你少說一句人家會當你是**啞巴**嗎？快滾回去工作！」

老店員被這麼一罵，嚇得伸伸舌頭走回店內，不敢再**吭聲**了。

福爾摩斯也故意裝作驚訝地道：「啊，原來現在的木材這麼貴嗎？比起油漆還要貴2鎊。」

當奴鼠那小小的眼珠子一轉，又在**揣摸**福爾摩斯說這句話的用意，但想不出當中有詐，於是放心地應道：「是啊，不過其實不應該那麼

貴，只是那間木材店不老實，亂收錢。」

待當奴鼠說完後，福爾摩斯兩眼突然射出一道**寒光**，道：「木材店不老實嗎？**你更不老實呢！**」

「什麼意思？」當奴鼠的眼珠子游移不定，顯得有點心虛。

「不是嗎？羅拔的工錢應該是**6鎊**，你卻說是3鎊，足足少了一半呀！」福爾摩斯一語直搗問題的**核心**。

「6鎊？別開玩笑了，他呆頭呆腦

的，哪值這個價錢，我給他3鎊已算好心**施捨**了。」當奴鼠 *出言不遜*。

華生心中揣度：「剛才的對答中，只出現過幾個數字，除了裝修的支出總數是**12鎊**外，不論涉及油漆、工錢和木頭的價錢，都沒有一個實際數字，可以說都是一堆數字的**碎片**，福爾摩斯是怎樣通過這些碎片，算出羅拔的應收工錢是**6鎊**呢？」

少年偵探隊的數式

「嘿嘿嘿⋯⋯」福爾摩斯的一聲**冷笑**打斷了華生的沉思。

然後，他高聲問道：「**少年偵探隊**的隊員都在嗎？」

「都在！」群眾中走出六個街童，當然，其中一個是隊長小兔子。

「很好，**小樹熊**你排在左面；**小老鼠**、**小麻雀**和**小胖豬**組成一組排在中間；小兔子你就排在右面，手上還要拿着這張紙。」說着，福爾摩斯在一張紙上寫上「**+2 pounds**」，然後交給小兔子。

「那麼我呢？」少年偵探隊中最健碩的阿猩問。

「你嗎？你拿着這張紙，站到最右面。」福爾摩斯在一張紙上寫上「＝12 pounds」，交給了阿猩。

「這是在搞什麼啊？」圍觀的群眾中有人提出疑問。

華生看着這隊**排列整齊**的小隊，雖然知道一定是與計算羅拔的工錢有關，但仍想不出當中的奧妙。

「哼！還說什麼大偵探，只懂**故弄玄虛**。」當奴鼠**不屑一顧**地說。

福爾摩斯沒理會他，只向圍觀的人道：「大家當

小樹熊、**小老鼠**、**小麻雀**、**小胖豬** 和 **小兔子**

都是同等分量的油漆的話，就明白我的意思了。」

「什麼意思？」一個看熱鬧的人問。

群眾 **吱吱喳喳** 地議論起來，煞是有趣。

「還不明白嗎？剛才與當奴鼠和他那老店員的

對話 中，我們知道了以下的幾個數字。

①裝修合計支出12鎊。　②工錢等於油漆價錢的3倍。
③木頭比油漆貴2鎊。

假設小樹熊是**一份油
漆**，而小老鼠、小麻雀和
小胖豬一組人就等於**三份**

油漆，即是相當於羅拔的
工錢，小兔子則是**一份油**

漆＋2鎊，相當於木頭的

價錢，這些合起來，就等於阿猩的**12鎊**了。」

「啊！」華生終於明白了，他心中把少年偵
探隊轉換成以下一條**算式**。

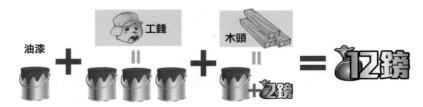

「小兔子，你把手上那張寫着2鎊的紙**撕
掉**。阿猩，你用筆把12鎊改寫成**10鎊**。即是

說，左右兩邊各減少2鎊，左右就**互相對稱**了。大家再看一看有什麼變化。」福爾摩斯道。

　　小兔子和阿猩照着做了，結果，變成了五份油漆等於10鎊。

　　「我明白了！我明白了！**一份油漆就等於2鎊！**」群眾中有人叫嚷。

　　「對，只要10鎊除以5份油漆，就會得出每份油漆的價錢。」福爾摩斯說。

　　當奴鼠聞言，臉色突變，他知道馬上就要被揭穿**騙人**的劣行了。

　　「小老鼠、小麻雀和小胖豬你們三人站出來，向大家報告一下你們值多少錢。」福爾摩斯

下令。

　　三人一起跳
出來，並**齊聲**
高叫道：「我們
代表三份油漆，每
份價值2鎊，合共就是6
鎊。就是說，**羅拔的工
錢是6鎊！**」

　　「好厲害！福爾摩斯先生好厲害啊！少年偵
探隊好厲害啊！」群眾中響起歡呼，隨即**掌聲
雷動**，大家都高興得拍起掌來。

在大家的聲援下，羅拔也恢復了自信心，高聲說：

「對！我也記起了，上次的工錢是6鎊！」

小兔子把羅拔拉到臉色慘白的當奴鼠跟前，一臉得意地說：「喂！聽到了嗎？工錢是6鎊啊。」

當奴鼠心有不甘地掏出6鎊，塞到羅拔手中，然後像逃似的閃回店內去了。

福爾摩斯趁大家的注意力集中在羅拔身上之際，悄悄地離開了人群。華生知道，這個老搭檔最怕就是人家向他拍掌和歡呼了，不馬上就溜的話，他肯定會像個小女孩那樣，臉又紅耳又赤地害羞起來。

華生回到家中，福爾摩斯已坐在沙發上喝茶了。

「真屬害，你這麼輕易就破解了這個小案子。」華生稱讚。

「不，破解難題的是那個老店員。」

「什麼？我以為他**傻乎乎**的，只會亂說話而已。」

「你錯了，他肯定是個**算術高手**，他向我提供了關鍵的兩個數字，否則就無法揭穿當奴鼠的惡行了。」

「原來如此，他真是一個好人呢。」華生不禁讚歎。

「對，有這種**好人**，當奴鼠那種小人才不能作惡。想起來，那些專門欺負弱者的傢伙最可惡，人家腦筋已不靈光了，竟還要**壓榨**人家的工錢，實在太過分了。」福爾摩斯**深惡痛絕**地說。

對，欺負弱者的人最可惡，也最可恥！華生深表認同。

「**羅拔萬歲！我們贏了！我們贏了！**」這時，街上響起了少年偵探隊的歡呼聲。華生和福爾摩斯往窗外看去，只見小兔子和阿猩等人築成一個圈子，奮力把羅拔拋到空中，興高采烈地慶祝他們一起贏得的勝利……

其實，如果運用代數的方法來破解這個難題的話，就更簡單了。

首先，把油漆設為X，就可得出以下的算式。

工錢

$$X + 3X + (X + 2鎊) = 12鎊$$
$$X + 3X + X + 2鎊 = 12鎊$$
$$5X + 2鎊 = 12鎊$$
$$5X = 12鎊 - 2鎊$$
$$5X = 10鎊$$
$$X = 10鎊 \div 5$$
$$X = 2鎊$$

算出了油漆是2鎊，只要將2鎊乘以3，就會得出工錢是6鎊的結果了。

科學鬥智短篇
奪命的結晶

食物中毒

「這間旅館不錯呢,坐在這裏也可以看到山野的景色。」福爾摩斯嘴邊叼着煙斗,坐在一張安樂椅上,眺望着外面的風景說。

「是啊。調查完吸血鬼一案*之後,跟着又查了幾宗大案,接連忙了幾個月,是時候休息一下了。」華生答。

福爾摩斯悠然地吐了一口煙,滿意地說:「你考慮得真周全,選中這個遠離城市的小山村度假,想買一份報紙看看也不能,我們可以真真

*詳情請看《大偵探福爾摩斯⑬吸血鬼之謎》。

正正的休息了。」

「哈哈哈，當然啦。」華生**自賣自誇**，「這個純樸的小山村又悠閒又寧靜，怎樣看都不像會發生什麼事件吧，最適合我們來**度假**了。」

可是，華生這時並不知道，寧靜的背後往往潛藏着**兇險**，這個看來純樸的鄉郊之地，其實已經發生了一宗叫人慄然的兇案！

砰砰砰！突然，門外響起了幾下急促的拍門聲，從聲音已可聽出來者似乎非常緊張。福爾摩斯眉頭一皺，心中不禁泛起不祥的預感。

華生走去開門，走進來的是旅館老闆**卡里奇先生**。他一踏進房門，就神色慌張地說：「不好了！奧丁老頭中毒，他的兒子已毒發死了！」

「是誰？」福爾摩斯問。

「是住在山坡上的老頭兒，他家距離這裏十哩左右。」卡里奇說。

「已送院了嗎？」華生問。

「這個小山村沒有醫院，只有一位叫克拉克的**村醫**，他已趕過去了，說是**食物中毒**。據說他們今早吃早飯時，吃了**香腸**。」卡里奇道。

「啊！吃了香腸中毒嗎？這常發生啊，不乾淨的香腸中常有肉毒桿菌，吃了會嘔吐大作，甚至致命。」華生說。

「對！對！對！」卡里奇說，「一個月前，鄰近的山村也發生過一宗類似的香腸中毒事件，也死了一個人。」

福爾摩斯問道：「那麼，我們可以怎樣幫忙？」

「克拉克醫生已七十多歲了，是個老糊塗，我怕他救不了奧丁老頭，想請華生醫生去看一下病人。」卡里奇請求。

「沒問題，我馬上就去，救人要緊。」華生說完，已從行李袋中找出急救器材。這是他的習慣，

出門遠行時，都會把這些東西帶在身邊。

本來，食物中毒只是意外事件，華生去救人就夠了，大偵探派不上用場。不過，反正一個人留在旅館也無聊，福爾摩斯就跟着下樓去了。

走出旅館的大門口，只見一個十多歲的少女站在門外。她脖子上圍着一條破爛的圍巾，一臉恐慌地等着。

「她是奧丁老頭的女兒雪莉，是她走來通報的。」卡里奇說。

華生聞言，連忙趨前安慰：「不用怕，我是倫敦來的醫生，我會盡力搶救你爸爸的。」

「馬車準備好了，大家上車吧。」卡里奇已把

馬車叫來了。

眾人匆忙上車。馬車夫大喝一聲，馬車就往出事地點飛奔而去。

車上，卡里奇臉帶憐憫地看了雪莉一眼，說：「幸好她和她媽媽都沒有中毒，否則就連求救的人也沒有了。」

「啊，原來是一家四口嗎？」福爾摩斯問。

「不，是一家五口，雪莉還有個八歲的妹妹叫雪蘭。」

「啊……？」福爾摩斯想了一下，向低着頭的雪莉問，「你妹妹沒有中毒嗎？」

雪莉驚惶地搖搖頭，戰戰兢兢地答：「妹妹沒事，她起床起得晚……沒跟我們一起……吃早飯。」

福爾摩斯以**探聽**的語氣問：「你和媽媽沒吃香腸嗎？」

「沒⋯⋯有⋯⋯」雪莉**吞吞吐吐**地答，「我⋯⋯和媽媽都不喜歡⋯⋯香腸。」她一直低着頭，可能怕陌生吧，說話時也不敢望向福爾摩斯。

「不喜歡香腸嗎？其實，我也最討厭吃香腸。」福爾摩斯故意說些**無關痛癢**的事，試圖緩和雪莉的緊張情緒。

其實，我也最討厭吃香腸。

可是，雪莉好像沒聽到似的，雙手緊握着垂到膝上的**圍巾**，全身仍然繃得緊緊的。

福爾摩斯想了一下，問：

「媽媽和克拉克醫生一起在家裏照顧爸爸嗎？」

雪莉*怯生生*地點點頭，沒有回答。

卡里奇湊到福爾摩斯耳邊，生怕雪莉聽到似的壓低嗓子說：「她媽媽叫**瑪姬**，40多歲，兩年前帶着兩個女兒嫁到這裏來，是奧丁老頭的**繼室**。」

「噢，是嗎？即是說，她們三母女與奧丁老頭和他的兒子並沒有**血緣**關係了？」福爾摩斯輕聲問。

「是的。而且，他們一家看來相處得不太融洽，瑪姬三母女今年已**離家出走**過兩次了。後來可能無處容身吧，只好又回到奧丁老頭那裏。」卡里奇補充，聲音依然壓得很低。

「原來如此……」福爾摩斯心中**呢喃**，偵探的觸角令他暗生疑惑，腦中已馬上浮現出一幅圖表。

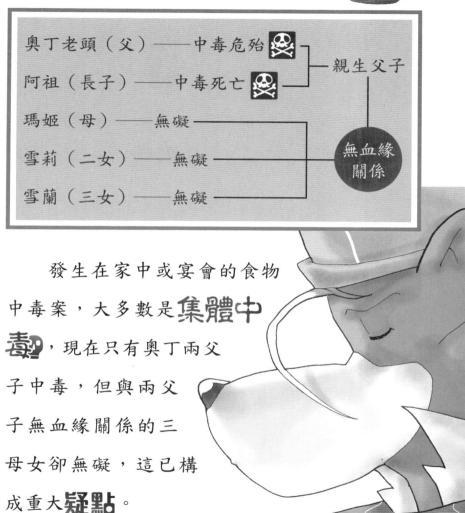

奧丁老頭（父）——中毒危殆 ☠
阿祖（長子）——中毒死亡 ☠ ┤ 親生父子

瑪姬（母）——無礙
雪莉（二女）——無礙
雪蘭（三女）——無礙

無血緣
關係

　　發生在家中或宴會的食物中毒案，大多數是**集體中毒**，現在只有奧丁兩父子中毒，但與兩父子無血緣關係的三母女卻無礙，這已構成重大**疑點**。

　　此外，香腸是一般小孩子最喜歡的食物之一，雪莉說不喜歡吃香腸，顯然是**說謊**。不

過，從結果看，她可能真的沒有吃過那些含有毒菌的香腸，否則，就應該也中毒了。

想到這裏，福爾摩斯注意到雪莉那條垂到膝上的圍巾，上面黏着一些褐色的小點，像是枯掉的植物。

「快到了。」卡里奇說。果然，馬車已減慢了速度，不一刻，車已停下來了。

鹽水與蛋白水

　　眾人下了車，眼前是一間簡陋的**石屋**，福爾摩斯一看，就知道這伙人家並不富裕。不過，他從雪莉穿着的**衣服**，早已知道奧丁一家並不富裕，現在只是證實了自己的看法。

　　可能是聽到馬車的聲響吧，屋裏走出一個**老頭子**。

　　「克拉克醫生，奧丁老頭怎樣了？」卡里奇連忙趨前問道。

「情況不妙啊，他嘔得很厲害，當中還有些未消化的香腸，肯定是吃了香腸中毒。」名叫**克拉克**的老村醫說完，有點疑惑地看了看華生和福爾摩斯。

卡里奇這才察覺還沒有引介，他匆匆介紹兩人後，就領着眾人走進屋裏了。

華生和福爾摩斯一步進屋內，已聞到一股**酸臭味**，不用說，那是嘔吐物散發出來的氣味。然後，他們又看到一個二十

來歲的年輕人躺在廳中的一張木床上。

老村醫惋惜地說：「那是大兒子**阿祖**，他已經死了。」

華生走到床邊一看，突然臉色大變，似乎非常震驚。福爾摩斯看在眼裏，為免驚動他人，故意不作聲。華生匆匆檢查了死者的頭髮、**指甲**和**皮膚**後，悄悄地向老搭檔使了個**眼色**。

福爾摩斯故意裝作若無其事地走近，華生在他耳邊輕聲地不知說了些什

麼。他聞言臉色一沉，不動聲色地翻開死者阿祖的手袖瞥了一眼，果然，手腕上方有一個清晰的**牙齒印**！但這與食物中毒又有什麼關係

呢？福爾摩斯霎時間也想不出一個所以然來。

「華生醫生，還是趕快進**睡房**看看奧丁先生吧。」卡里奇不知道他們兩人在做什麼，只好催促。華生點點頭，與福爾摩斯一起跟着卡里奇走進了睡房。

睡房中，只見**奧丁老頭**在床上痛苦地呻

吟，床邊則坐着一個一臉擔憂的婦人，看來她就是老人的繼室**瑪姬**。福爾摩斯趁華生忙於診察病人時，悄悄地環視了一遍，但房內除了一張床、兩張椅子、一張梳妝檯和一個掛衣服的木架子外，什麼也沒有。

「快去沖一杯一茶匙的**鹽水**，和找幾個雞蛋，沖一湯碗**蛋白水**來吧。」華生對福爾摩斯說。

大偵探雖然不是醫生，但對**藥物中毒**也有豐富的知識，不用華生解釋，他已知道鹽水和蛋白水的用途了。

站在他們身後的老村醫克拉克聞言，霎時**臉色大變**，看來他從華生這幾句說話中，已察覺到眼下的食物中毒案，遠比他想像的**兇險**得多！

福爾摩斯叫來了雪莉，一起到廚房中快手快腳地弄好**鹽水**和**蛋白水**。

「雪莉，把它們交給華生醫生。」福爾摩斯吩咐。雪莉看來也知道是救人用的，整個人精神一振，連忙把鹽水和蛋白水端進睡房去了。

支開了雪莉，福爾摩斯發現老村醫**忐忑不安**地呆立於廳中，於是說：「克拉克先生，馬上去報警吧。」

這時，老村醫才回過神來，使勁地點點頭說：「明白了，我馬上就去。」說完，就急急地**衝出**屋外，乘馬車走了。

福爾摩斯待老村醫走後，在廚房裏小心地搜查，他對盛着白色粉末的**玻璃瓶**似乎特別着意，仔細地看了又看。可是，那些玻璃瓶中不是盛着**鹽**就是盛着**糖**，並沒有可疑。接着，他在屋裏屋外又搜查了一遍，但也沒發現什麼。

就在這時，一個**中年婦人**走了進來，問：「奧丁太太呢？請問你是誰？」

福爾摩斯還未回答，在睡房中的卡里奇走了出來，道：「啊，**梅茲太太**，這位先生是我叫來幫忙的，雪蘭沒事吧？」

「她沒事，不過受驚過度，現在在我家休息。」梅茲太太說。

「你說的是奧丁先生的小女兒**雪蘭**嗎？」福爾摩斯問。

卡里奇歎了一口氣答道：「是的，剛才我問起瑪姬，才知道事發後，她趕去叫老村醫來的同時，順道託梅茲太太**照顧**受驚的雪蘭。」

「原來如此。」福爾摩斯想了想，

向梅茲太太問，「你家距離這裏遠嗎？附近還有什麼人家？」

梅茲太太答道：「我家距離這裏只有**半哩**路，附近兩哩之內都沒有別的人家，所以我們常常**互相照應**。」

「可以帶我到你家看看嗎？我想向雪蘭了解一些事情。」福爾摩斯說。

梅茲太太面露**警戒**的神情，看了一看卡里奇。

卡里奇意會，連忙解釋：「這位福爾摩斯先生是倫敦來的著名**偵探**，不用擔心。」

梅茲太太點點頭，就

領着福爾摩斯到她家去了。

　　路上，梅茲太太和福爾摩斯聊起來，說：「我家的老頭和兒子昨天剛好進了城辦事，家裏只有我一個人。今天早上 **7時** 左右，瑪姬突然 **慌慌張張** 地跑來，說兒子吃了早餐後嘔吐大作，託我去她家照顧一下兩個嚇壞了的女兒。然後，她自己就跑去找克拉克醫生了。不過，我去到她的家時，發現連奧丁老頭也中毒倒地了。」

　　「你在她家一直等到那位老村醫來嗎？」福爾摩斯問。

　　「是的，克拉克醫生來了之後，我才帶雪蘭回家暫避的，她才 **八歲**，已給嚇壞了。」梅茲太太說。

柴房內的證物

說着說着，只見一間農舍已在眼前。

「到了。」梅茲太太推門進去，可是，本來在家的雪蘭卻不見蹤影。

「我吩咐她不要走開的，她究竟去了哪裏呢？」梅茲太太顯得很焦急。

「不用慌張，一個小女孩走不了多遠，到外面看看吧。」福爾摩斯走到屋外，卻看不到有人。

梅茲太太也走出來，並大聲喊道：「雪蘭！你在哪裏

呀？我是梅茲嬸嬸呀！聽到我叫就出來吧！」

可是，四周仍是靜悄悄的，只有幾隻雞在空地上走來走去。

福爾摩斯看到農舍後有一間**小屋**，於是問：「會不會去了那間小屋？」

「不會吧，那是**柴房**，雪蘭去那兒幹什麼啊？」

「姑且去看看吧，附近沒有藏身的地方，能躲起來的就只有那柴房了。」福爾摩斯說着，就往那小屋走去。

小屋半掩着門，並沒有人的**氣息**。福爾摩斯推門進去，只見裏面陰陰暗暗的，放着一些農具和**柴枝**，果然只是一間普通不過的柴房。突然，他察覺牆邊有什麼動了一下，再定睛一看，只見一個小女孩**瑟縮**在一角，看來非常害怕。

與此同時，福爾摩斯也感到一陣如受電擊的戰慄，因為，他在奧丁家找來找去也找不到的東西，竟然就在眼前！

在一捆捆的柴枝旁邊，放着一個白色的布袋，布袋上有個骷髏頭的標記，標記上寫着「POISON」一字！

這時，他身後的梅茲太太也看到了小女孩，並嚇得衝了過去，緊張地道：「哎呀，雪蘭你怎會躲在這裏。不用怕，來，跟我過來。」說着，就拉着雪蘭的小手，把她扶起來。

「好可憐的小孩子。」梅茲太太把雪蘭擁在懷裏，走出了柴房。

福爾摩斯並沒有跟着出去，他走到布袋前蹲下檢查，發覺綁着袋口的繩子已被解開了。他小心地打開布袋，用手指點了些袋中的白色粉末，放到鼻子下嗅了嗅。然後，又撕下記事簿的一張紙，把粉末包好。

驚魂未定之際，又有一樣東西闖入他的眼簾。

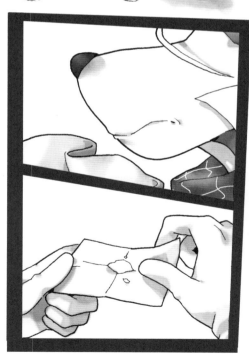

「這些**小顆粒**似曾相識，最近在哪裏見過呢？」福爾摩斯盯着布袋旁的柴枝，心中嘀咕。

他折下一截柴枝，並掏出放大鏡來細看。在放大鏡下，可以清楚看見柴枝上連着些**褐色**的小顆粒，顆粒上佈滿了長着倒鈎的刺，看來是已**枯萎**的種子。

看着看着，福爾摩斯突然感到背脊掠過一陣**寒氣**，內心驚叫：「啊！這不就是──」

「福爾摩斯先生，你在看什麼？」

一把聲音在身後響起，把福爾摩斯嚇了一跳。他轉身一看，原來是梅茲太太站在柴房門口，以詫異的目光看着他。

「沒什麼。」福爾摩斯驚魂稍定，強裝鎮靜地指着柴枝問道，「這些是用來幹什麼的？」

「那是去年入冬之前在山上砍下來的柴枝，用來生火的。」梅茲太太答。

「原來如此。」福爾摩斯點點頭，又指着那個白布袋說，「這布袋上有個骷髏頭的標記，還寫着毒藥呢。」

「啊，那是農藥，用來撒到農地上防止害蟲的。」梅茲太太答。

「最近有用過嗎？我看到袋口的繩子被解開

了。」福爾摩斯問。

「是嗎？」梅茲太太走過來看了看袋口說，「這就奇怪了，每次我們用過農藥後，都會很小心綁好的啊。我家的雞到處跑，萬一牠們走進來誤吃就不好啦。」

「這麼說來，袋子是誰打開的呢？」福爾摩斯問。

梅茲太太搖搖頭，說：「那就不知道了，可能是我老公或兒子一時大意，用過之後沒綁好吧。他們做事就是這麼粗心大意。」

「明白了。」福爾摩斯說完，就站起來，跟梅茲太太一起走出了柴房。

雪蘭仍怯生生的站在門外，福爾摩斯知道在這種情況下，要問也問不出什麼東西來。

而且，他也擔心追問得太深入，對她的心理傷
害也會更深。

下毒的疑惑

　　謝過梅茲太太後，福爾摩斯又匆匆回到奧丁家。

　　這時，華生和旅館老闆卡里奇剛好從奧丁的睡房中出來。福爾摩斯趨前問道：「情況怎樣？」

　　「我讓奧丁先生喝下藍水和蛋白水洗胃後，他已把胃裏的東西全嘔出來了。可惜的是，我們來得太遲，他體內應該已吸收了不少毒素。」華生說。

　　「那怎麼辦？」卡里奇焦急地問道。

　　華生尚未回答，他們身後已傳來一把聲音：「他會有生命危險嗎？」

各人回頭一看，原來是奧丁的太太**瑪姬**，她滿臉愁容地盯着華生。

華生看了看福爾摩斯，似乎是在徵求意見如何回答。

福爾摩斯沒有理會華生，反而以質疑的語氣問道：「夫人，你認為你丈夫和阿祖真的是**食物中毒**嗎？」

瑪姬一怔，反問：「難道不是嗎？」她的眼神中充滿了疑惑。

「當然不是，華生醫生已診斷出來了，你丈夫和阿祖是中了**砒霜毒**！」福爾摩斯說得直截了當。

卡里奇聞言大驚失色：「**啊！怎會這樣的？**克拉克醫生說他們是吃了香腸中毒的呀！」

華生搖搖頭，說：「由於兩種中毒都會引發**劇烈嘔吐**，所以他診斷錯了。不過，當他聽到我說要拿鹽水和蛋白水後，已馬上知道真相了，因為這是民間常用的砒霜中毒**急救法**。」

「為什麼他們兩父子會砒霜中毒？食物中又怎會無緣無故含有**砒霜**？」卡里奇給弄得糊塗了。

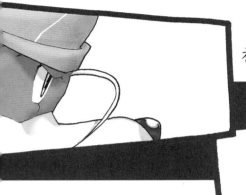

「因為有人下毒！」

福爾摩斯說。

「下毒？」瑪姬猛然否定，「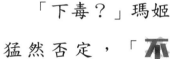不可能！不可能有人下毒！」

福爾摩斯沒有反駁，卻像忽然想起什麼似的問道：「雪莉呢？她在哪裏？」

「她在睡房照顧爸爸。你為什麼這樣問？難道你懷疑她？」瑪姬顯得非常緊張，不禁高聲**質問**。

華生和卡里奇越聽就越覺得不對勁，但又不知道該如何插嘴。

福爾摩斯深深地歎了口氣，以沉痛的語氣道：「我也不願意懷疑雪莉，她畢竟只是個小女孩。可是，她確實又是最大的**嫌疑犯**。」

「怎會……？」瑪姬猛烈地搖頭，「**不可能！你有什麼證據？**」

在這種緊要關頭，福爾摩斯罕見地沉默下來。華生雖然對事態的發展感到迷惑，但他仍能理解老搭檔的心情，知道就算對**身經百戰**的福爾摩斯來說，要指證一個十來歲的少女，他的內心也要承受**難以言喻**的痛楚。

「因為……蒼耳，她身上的圍巾黏了蒼耳的種子。」福爾摩斯強壓着痛楚，一語道破證據所在。

可是，各人面面相覷，並不明白他的說話。

福爾摩斯繼續說：「我剛才去了梅茲太太家，在她家的柴房中看到一袋看來含有**砒霜**的**農藥**，在那袋農藥的旁邊放着一些柴枝。我檢查過了，那是蒼耳的**柴枝**。」

「那又有什麼關係？蒼耳在山上隨處可見，雪莉的**圍巾**黏了一些有何稀奇？」瑪姬仍不退讓。

「可是，現在山上的蒼耳還未**結籽**，雪莉的圍巾又怎會黏上蒼耳的種子呢？何況，黏在圍巾上的是已枯萎的種子，正好和農藥布袋旁的**一模一樣**啊。」福爾摩斯道。

「啊！」華生心中暗叫，他終於明白福爾摩斯的論據，並在腦袋中浮現出一幅事件的**時序表**。

雪莉去藏有農藥的柴房
↓
偷取含砒霜的農藥
↓
圍巾不小心黏了布袋旁的蒼耳種子
↓
回家在食物中下毒
↓
引發中毒事件

「**不！不可能的！**雪莉不會下毒！」瑪姬發了瘋似的叫嚷，打斷了華生的沉思。

就在這時，雪莉從睡房中衝出，她原來一直戰戰兢兢的表情已消失了，取而代之的是兩眼眶滿了淚水。

「媽媽，不要與福爾摩斯先生爭辯了，砒霜是———」

「**住嘴！**」瑪姬突然發難，阻止雪莉講下去。

「媽媽———」

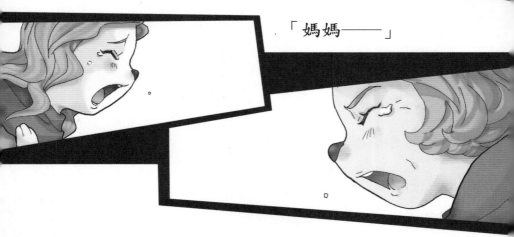

「**不准再說！**」瑪姬厲聲向雪莉喝道，「我知道你想保護媽媽，但事情已到了這個地步，我們已無法再隱瞞下去了，你讓媽媽來處理吧。」

福爾摩斯、華生和卡里奇聽到瑪姬這麼說，都意外得啞在當場。

瑪姬深深地吸了一口氣，轉過頭來，並以堅毅的眼神盯着福爾摩斯道：「下毒的是我，不是雪莉。今早天還沒亮時，我去過梅茲太太家的柴房，農藥是我偷的。」

雪莉聞言，霎時呆住了。

「但雪莉圍巾上的蒼耳——」

不待大偵探問完，瑪姬

搶着說：「我出門時天未亮，屋裏又黑，我拿錯了雪莉的圍巾，才會讓你誤會了。」

「你是說，你是圍着雪莉的圍巾去偷農藥的？」福爾摩斯追問。

「一點也沒錯。」瑪姬點點頭，「我太慌張了，除了拿錯圍巾外，也沒有注意到竟黏了蒼耳的種子。」

「媽媽！」雪莉叫道，似是要阻止瑪姬說下去。

「不准再說！」瑪姬再次厲聲喝道，「我知道阿祖趁我不在時多次企圖侵犯你，我沒有辦法好好保護你，一時氣憤之下，就想到下毒毒死他，但怎料到你爸也誤吃了毒藥……是我不好！是我不好！」

說完，瑪姬已崩潰了似的號哭起來。

「這麼說⋯⋯你月前兩次帶雪莉和雪蘭**離家出走**，就是為了逃避阿祖⋯⋯？」卡里奇問道。

瑪姬已哭不成聲了，只能用力地點點頭。

「**不！**」雪莉突然向福爾摩斯嚷道，「**不是媽媽！下毒的是我！**你們不要相信她，她是為了保護我，才自己承擔罪名的！哥哥企圖侵犯我，我恨死他了，是我毒死他的！」

「**雪莉！不准亂說！**」瑪姬連忙抹掉眼淚，厲聲喝止。

「媽媽！你要照顧雪蘭，不可以為我而犧牲自己！就讓我認罪吧！」雪莉也瘋了似的嚷叫。

面對兩母女**歇斯底里**地爭着認罪，福爾摩斯、華生和卡里奇都呆住了。與此同時，他

們也被這對母女的親情感動了。顯然，她們兩個之中，必有一個是下毒的兇手，但為了保護對方，卻死命把罪名扛上身。

她們都不是
下毒者，
下毒的是我！

悲劇的真相？

　　然而，當三人呆在當場，不知如何是好之際，更驚人的事情卻接踵而來，一把聲音意外地響起，把案情推往更難解的境地。

　　「她們都不是下毒者，下毒的是我！」

　　不知何時，原本躺在床上的奧丁老頭走出來了，他吃力地抓着門邊，支撐着搖搖欲墜的身體，說出了令各人震驚不已的說話。

「老公——」瑪姬想說些什麼，奧丁老頭卻馬上舉手制止。

「不要說了，你和雪莉都誤會對方了。」奧丁有氣無力地說，「今早我看到雪莉弄早餐，她從口袋中掏出了一包白色粉末，想倒進一杯咖啡之中，但又止住了，並把粉末藏到爐灶的旁邊。看來，她無法下決心落手吧。我也知道阿祖的劣行，這樣下去，終有一日會出事。他是個瘋子，我沒能力制止他，也不想雪莉變成殺人兇手，無法可想之下，只好由我親自動手了。」

「難道你用雪莉偷來的砒霜下毒了？」福爾摩斯以不可置信的語氣問道。

「是的。我把砒霜混在阿祖的咖啡之中，他喝下後，不到幾分鐘就嘔吐大作，那個情景實在太恐怖了。我知道自己犯下了毒殺親子的

彌天大罪，於是**把心一橫**，把阿祖喝剩的咖啡也一口喝下，只有這樣，我才能獲得**解脫**。」說完，奧丁抓着門邊的手一鬆，整個人倒了下來。

就在這時，老村醫克拉克匆匆趕到，隨他而來的還有幾個**警察**。他們在救人要緊的情況下，還未來得及了解案情，就趕忙把奧丁老頭送去了醫院。在醫院中，奧丁老頭醒過來幾次，向警察一次又一次地重複了上述的**自白**，把所有罪名都扛上了身。到了傍晚，奧丁老頭拉着瑪姬和雪莉的手，意

味深長地說：「阿祖令你們……受苦了，就讓我來替他……贖罪吧。」說完，他咽下最後一口氣，毒發身亡了。瑪姬茫然地看着死去的丈夫，流下了兩行無言的眼淚。雪莉則伏

在父親身上，大聲地痛哭起來。

　　福爾摩斯深深地歎了口氣，悄悄地把卡拉奇拉出了病房，並吩咐道：「去附近買一些三

明治來讓大家吃吧。記着，一定要給我買一份芝士三明治。」

隨後走出病房的華生也剛好聽到了老搭檔的說話，剎那間，自己亦感到肚子在打鼓了。他這才記起，忙了一整天，連中午飯也沒時間吃呢。不過，他一向知道福爾摩斯查起案來只會廢寢忘餐，怎會忽然懂得肚子餓呢？更奇怪的是，他還特別叫了一份平常不愛吃的芝士三明治，難道當中有什麼原因？

過了一會，卡拉奇提着外賣回來了。

這時，瑪姬和雪莉已鎮靜下來，而警察和

村醫克拉克也走了。黃昏的陽光透過窗戶射進醫院大樓，病房外的走廊在金黃色的光線中顯得一片祥和。一股淡淡的消毒藥水氣味彌漫在空氣之中，那是醫院特有的氣味，華生雖然對這股氣味非常熟悉，但每次在醫院嗅到它，也會使激動的心情回復寧靜，彷彿這股氣味會撫平一切傷痛，讓死者得到安息，讓生者得到寬慰。

可是，這時的華生仍然感到內心一陣陣的悸動，無法平靜下來。因為，他憑直覺知道，下毒的兇手極有可能並不是奧丁老頭，而是眼前這對母女之中的其中一人！

福爾摩斯接過外賣，並示意卡拉奇把瑪姬兩母女帶出病房，讓她們在走廊外的長凳上坐下來。

福爾摩斯把一份遞給瑪姬，說：
「肚子也該餓了吧？是卡拉奇先生買來的，請
吃吧。」

瑪姬搖搖頭，說：「我不餓。」

　　「身體要緊，請吃吧。你不吃的話，雪莉又怎會肯吃呢。」說着，福爾摩斯把三明治放在她身旁的長凳上。

　　接着，福爾摩斯又掏出一份三明治，遞給了雪莉，說：「雪莉，你也吃吧。」

　　「對，雪莉，你也吃吧。」心地善良的卡拉奇坐到雪莉身旁，好言相勸。

　　雪莉看一看母親，見母親也伸手拿起三明治，於是自己也接過福爾摩斯遞來的那份，放到嘴邊咬了一口。

　　華生心中納悶，為什麼福爾摩斯把那份三明治遞給雪莉呢？那不是他指定要的芝士三明治嗎？

　　華生瞥了一眼身旁的老搭檔，看到他若無其事地抽起煙斗來。不過，華生發現他的眼睛卻死死地盯着雪莉手上那份三明治，連眼也不眨一下。

　　可能實在太肚餓了，雪莉和瑪姬很快就把三明治吃完。

　　這時，福爾摩斯站起來，向瑪姬說：「我

們可以到那邊談談嗎？」說完，他用手指一指
走廊的盡頭。

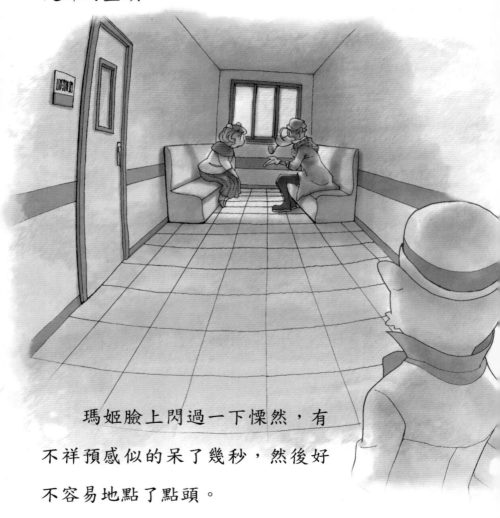

　　瑪姬臉上閃過一下慄然，有
不祥預感似的呆了幾秒，然後好
不容易地點了點頭。

華生看着兩人拖着沉重的步伐走到走廊的**盡頭**，並在長凳上面對面地坐下。福爾摩斯神情嚴肅地向瑪姬說話，但由於距離太遠了，華生什麼也聽不到。

坐在雪莉身旁的卡里奇看到此情此景，開始時也有點愕然，但不一刻，他好像已看透一切似的搖了搖頭，深深地歎了一口氣。

華生知道，閱人無數的旅館老闆卡里奇肯定也跟他一樣，憑直覺已知下毒兇手**另有其人**，而福爾摩斯正在做的，就是要把真正的下毒者找出來！

突然，一陣彷彿發自靈魂深處的**嗚咽**之聲傳來，華生和卡里奇連忙往走廊的盡頭看去，只見瑪姬雙手掩面，上半身像**坍塌**似的伏在自己膝上，不住地顫抖。

福爾摩斯說了什麼呢？當華生正在思量之際，一直低着頭默

不作聲的雪莉突然霍地站起來。她往前踏出幾步，走到走廊的中間，以強忍着痛楚似的、顫抖的聲音大聲叫道：

「福爾摩斯先生，不要再逼問媽媽了，下毒的不是爸爸，也不是媽媽，是我！」

聲音在**空蕩蕩**的走廊中回響，華生和卡里奇呆在當場，不知如何是好。

瑪姬抬起頭來，驚愕地望向不斷**抽泣**的雪莉。看來，她沒想到女兒會突然發難，再次主動地認罪。

「媽媽！不要為我隱瞞了，下毒的是我！下毒的是我！」雪莉**聲嘶力竭**地喊叫。

瑪姬緩緩地站起來，邁出沉重又絕望的步伐，一步一步地走向雪莉。雪莉突然雙腳用力一蹬，直奔向瑪姬，並衝進她的懷裏號哭起來。她那淒屬的哭聲像為自己的罪行懺悔，也像在控訴人性的醜惡，逼迫她犯下了**彌天大罪**！

事後，在瑪姬的同意下，雪莉向警方**自首**了。兩母女毫無保留地道出了案發的經過。

芝士三明治的 ▲ 印記

　　原來，前天中午，長子**阿祖**趁爸爸和媽媽不在家時，企圖侵犯並非親生的妹妹雪莉。幸好雪莉拼盡全力反抗，並狠狠地在阿祖的前臂上**咬**了一口，才掙脫他的纏繞，保住了潔白之身。不過，阿祖這種滅絕人性的行徑已不是第一次了，雪莉知道這樣下去，終有一天會敗在**孔武有力**的哥哥手上。

　　前兩次阿祖意圖侵犯雪莉時，瑪姬得悉後曾**大動肝火**，並憤而和兩個女兒離家出走。可是，沒有謀生技能的她，帶着兩個年幼的女兒實在無法活下去，加上丈夫奧丁老頭的**懇求**，她只好和兩個女兒回到那個不安全的家。

雪莉知道母親沒有辦法助她離開**險境**，加上哥哥阿祖**變本加厲**地步步進逼，她由害怕變成憤怒，心中殺意頓生。今天早上，她着了魔似的一早起床，迷迷糊糊地走到梅茲太太家的柴房，拿了一些**農藥**回家。然後在吃早餐時，偷偷地混和在阿祖的**咖啡**中。

阿祖喝下咖啡後嘔吐大作，不一刻就毒發倒地。奧丁老頭見狀大驚，馬上叫瑪姬去向村醫克拉克求救。瑪姬離家後，焦急萬分的奧丁老頭卻發現雪莉手上拿着一張沾了藥粉的**紙片**，他在那一瞬間，察覺到一齣無可挽救的悲劇已上演了。他不發一言，只是哀傷地摸了一下雪莉的頭髮，然後一口吞

下紙片，毀滅了下毒的**證據**。最後，更把阿祖留下的半杯咖啡**一飲而盡**。

當瑪姬與村醫趕回來時，奧丁老頭已經倒在地上了。在那個時候，瑪姬還相信村醫的診斷，以為丈夫兩父子只是**食物中毒**而已。於是，她叫雪莉去旅館找卡里奇先生幫忙，希望至少可以救回丈夫。可是，當福爾摩斯發現蒼耳種子的秘密，並懷疑雪莉下毒後，瑪姬迅即就知道事件的**真相**了。她死命地把罪名扛上身，只是出自母性的本能——就算犧牲自己也要保護女兒雪莉而已。

一切已**水落石出**，福爾摩斯和華生別過旅館老闆卡拉奇先生後，踏上了返回倫敦的路途。兩人心情沉重地坐在馬車上，久久不能言語。華生雖然與福爾摩斯一起查案無數，但這

次是他記憶之中最叫人痛心的案件。如果身為長兄的阿祖不是這樣**禽獸不如**，這個慘案就不會發生。如果身為父親的奧丁老頭能夠挺身而出，報警指控兒子的**獸行**，慘劇也可以避免。可是，一切已太晚了。一個家庭就此破碎，永遠無法回復原狀。

「你為何認定下毒者是雪莉，而不是她的母親瑪姬呢？」華生打破沉默，提出了他一直藏於心中的**疑問**。

「**牙印**。」福爾摩斯說。

「什麼？」華生不明所以。

「你不記得嗎？我們驗屍時，

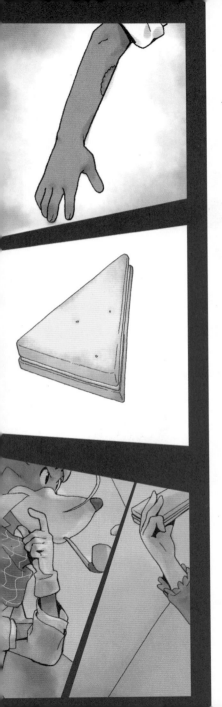

發現阿祖前臂上留下一個人咬的牙印。從這個牙印中，我估計他這兩天曾經與人發生過激烈的**爭執**，否則又怎會被人狠狠地咬了一口。如果這個估計沒錯，那麼，咬他的人很可能就是那個**下毒者**了。」

「可是，你怎能證明那牙印是雪莉留下的呢？」華生問。

福爾摩斯瞄了一下華生，反問：「你沒看見那份**芝士三明治**嗎？」

「有呀，雪莉吃那份三

明治時，我記得你牢牢地盯着她，眼神還好奇怪呢。這跟阿祖前臂上的 **牙印** 有什麼關係？」華生問。

「還不明白嗎？芝士三明治是最容易**套取**牙印的食物呀。」

「啊！」華生恍然大悟。

對，吃芝士三明治時，由於芝士的**黏性**，當一口咬下，就會連上下兩塊麵包也黏到芝士上去，同時也就留下一個清晰的 **牙印** 了。

華生知道，老搭檔有過目不忘的絕技，當他看過阿祖前臂上的牙印後，已把牙印**刻印**在自己的腦袋中。當雪莉咬下那份芝士三明治時，他馬上就發現三明治上的牙印與阿祖臂上

的**一模一樣**，從而斷定雪莉就是那個**噬咬**阿祖的人！

「不過，就算證明雪莉曾經咬過阿祖，但也不能說她就是下毒者呀。」華生覺得當中仍有疑點，不能就此作出判斷。

福爾摩斯點點頭，道：「你說得對，不過我們不能忽略一個事實，這個牙印證明阿祖曾經企圖侵犯雪莉，兩人並發生過激烈的**爭執**。所以，雪莉有足夠**動機**下毒殺人。」

華生不以為然地說：「但瑪姬為了保護雪莉，她也有動機下毒殺死阿祖呀。」

「不，我認為瑪姬沒有這個**勇氣**。」福爾摩斯說，「她之前得悉阿祖的劣行後，也只是帶着兩個女兒**離家出走**而已。後來在走投無路之下，她又回去了。這足以證明她不會那麼

大膽，會幹出下毒殺人的事。」

　　華生想了想，不得不同意這個分析。如果瑪姬有勇氣的話，就不會回去了，或許這就是人的脆弱之處吧。當她知道自己帶着兩個女兒無法生存後，就算明知女兒有危險，也只能選擇重投狼窩、苟且偷生。華生想到這裏，不禁黯然。

　　「那麼，你在走廊盡頭和瑪姬說了些什麼呢？」華生提出他最後一個疑問。

　　「我把牙印的分析告訴了她，並勸她讓雪莉自首。我向她說，雖然阿祖的死是咎由自取，人們也會同情雪莉。但奧丁老頭服毒自殺卻是由雪莉間接造成，雪莉必已深感內疚，如果還要讓父親背上毒殺親子的罪名，相信雪莉未必能承受內心的壓力，就算不精神崩潰，她在

未來的日子也無法活得安寧。」福爾摩斯說，「所以，讓雪莉自首並說出**真相**，反而可以拯救她的**靈魂**，讓她以帶罪之身活下去。」

「原來如此。」華生終於明白一切了。

「不過，我沒想到瑪姬還在猶豫之際，雪莉已主動站出來承認罪行了。」福爾摩斯臉上浮現出少見的苦澀，「她真是一個勇敢的女孩，如果不是有個這樣的**哥哥**，她的**命運**將會大為不同。」

兩個月後，法院對案件作出了判決。由於雪莉還未成年，而且犯案時精神極度不穩，故被判入住**少年教育院**，接受精神輔導。華生聽到這個消息後終於舒了一口氣，因為他知道，這個判決對福爾摩斯來說是惟一的**安慰**和**救贖**，畢竟，親手揭出真相並把一個可憐的少

女推下**牢獄**的深淵，福爾摩斯是永遠無法**釋懷**的。

（後記：為《兒童的科學》撰寫本故事時，曾猶豫應否寫一個這麼沉重的故事，但寫作中途看到了香港護苗基金發表的調查報告，指有12.5%的受訪中學生曾被性侵犯，被性侵犯的兒童平均年齡更低至7.69歲。所以，筆者覺得這個悲劇應該按原意寫出來，以供大家警惕。順帶一提，本故事乃根據上世紀五十年代發生於日本某山村的真實案例改編而成，細節雖然不盡相同，但其結局的悲劇性質並無二致。）

科學小知識

【蒼耳】

菊科，即廣東人俗稱的「黐頭芒」，乃一年生草本植物，高可達一米。生長於歐亞大陸，春夏開花。其果實外殼長有刺鈎，會黏到走過的動物身上，藉此把種子傳播開去。據說具黏貼功用的「魔術貼」，其發明的意念就來自蒼耳。不信的話，可拿一塊「魔術貼」用放大鏡來看看，它上面其實也佈滿倒鈎，和蒼耳種子上的差不多呢。

蒼耳的傳播利用其種子的刺鈎，有些植物的播種方法也很有趣。例如，蒲公英的種子上長滿了毛，可以隨風而飛，讓風把種子吹到遠處去。椰子樹多長在海邊，掉下的果實會隨水流把種子傳播開去。海桐花的種子黏糊糊的，當雀鳥來啄食其果實時，種子就會黏在牠們的喙上傳開去。紫花地丁最有趣，成長後會把種子彈到地上，再利用螞蟻來搬運傳播。總而言之，植物為了傳宗接代，會想出很多方法來播種，自然界實在非常奇妙。

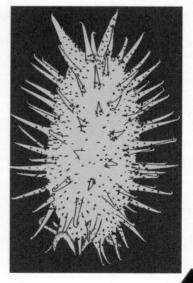

科學小知識

【砒霜】

　　無機化合物，三氧化二砷的俗稱，由於它像霜狀的白色結晶粉，故名。由於砒霜無味無臭又有劇毒，是古代最常用的暗殺用毒藥，據傳法國的拿破崙和清朝的光緒皇帝都是死於砒霜中毒。它也是製造農藥的原料，常製成殺蟲劑和殺鼠藥。

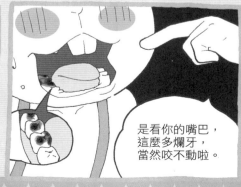

福爾摩斯科學小魔術

粟米變爆谷！

長棍麵包和芝士三明治成了今集的破案關鍵呢。

那麼，今次就玩一個與食物有關的魔術吧。

不可能吧。

這個鐵鍋中有很多粟米，我不用加熱也可以把它們變成爆谷。

先蓋上蓋子，再把鐵鍋向左右搖七八次。

看！有好多粟米變成爆谷了！請隨便吃。

1

其實我預先把爆谷放在粟米下面。

2

當搖動鐵鍋時，較重的粟米會下沉，較輕的爆谷就會浮上來。

3

打開蓋子一看，爆谷全浮上來了。

科學解謎 這是一個有關振動的科學小實驗，證明左右往復的振動可以令不同重量的物質移位。如果變成上下的振動又會如何呢？大家不妨試試看。

註：粟米的正式叫法是「玉蜀黍」或「玉米」，爆谷則應稱作「爆玉米花」。

大偵探 福爾摩斯

—— 奪命的結晶 —— ⑯

原著人物 / 柯南‧道爾
（除主角人物相同外，本書收錄的三個短篇全屬原創，並非改編自柯南‧道爾的原著。）

小說&監製 / 厲河　　　　繪畫&構圖編排 / 余遠鍠

封面設計 / 陳沃龍　　內文設計 / 陳沃龍、麥國龍　　編輯 / 蘇慧怡

出版
匯識教育有限公司
香港柴灣祥利街9號祥利工業大廈2樓A室

承印
天虹印刷有限公司
香港九龍新蒲崗大有街26-28號3-4樓

發行
同德書報有限公司
九龍官塘大業街34號楊耀松（第五）工業大廈地下
電話：(852)3551 3388　　傳真：(852)3551 3300

第一次印刷發行　　　　　　　　　　　　　　　　2012年12月
第十次印刷發行　　　　　　　　　　　　　　　　2019年6月
Text：©Lui Hok Cheung　　　　　　　　　　　　　翻印必究
©2012 Rightman Publishing Ltd. All rights reserved.

想看《大偵探福爾摩斯》的
最新消息或發表你的意見，
請登入以下facebook專頁網址。
www.facebook.com/great.holmes

ISBN:978-988-78101-0-0
港幣定價 HK$60
台幣定價 NT$270

若發現本書缺頁或破損，
請致電25158787與本社聯絡。

網上選購方便快捷　　購滿$100郵費全免
詳情請登網址 www.rightman.net

1 追兇20年

福爾摩斯根據兇手留下的血字、煙灰和鞋印等蛛絲馬跡，智破空屋命案！

2 四個神秘的簽名

一張「四個簽名」的神秘字條，令福爾摩斯和華生陷於最兇險的境地！

3 肥鵝與藍寶石

失竊藍寶石竟與一隻肥鵝有關？福爾摩斯略施小計，讓盜寶賊無所遁形！

4 花斑帶奇案

花斑帶和口哨聲竟然都隱藏殺機？福爾摩斯深夜出動，力敵智能犯！

5 銀星神駒失蹤案

名駒失蹤，練馬師被殺，福爾摩斯找出兇手卻不能拘捕，原因何在？

6 乞丐與紳士

紳士離奇失蹤，乞丐涉嫌殺人，身份懸殊的兩人如何扯上關係？

7 六個拿破崙

狂徒破壞拿破崙塑像並引發命案，其目的何在？福爾摩斯深入調查，發現當中另有驚人秘密！

8 驚天大劫案

當鋪老闆誤墮神秘同盟會騙局，大偵探明查暗訪破解案中案！

9 密函失竊案

外國政要密函離奇失竊，神探捲入間諜血案旋渦，發現幕後原來另有「黑手」！

10 自行車怪客

美女被自行車怪客跟蹤，後來更在荒僻小徑上人間蒸發，福爾摩斯如何救人？

11 魂斷雷神橋

富豪之妻被殺，家庭教師受嫌，大偵探破解謎團，卻墮入兇手設下的陷阱？

12 智救李大猩

李大猩和小兔子被擄，福爾摩斯如何營救？三個短篇各自精彩！

13 吸血鬼之謎

古墓發生離奇命案，女嬰頸上傷口引發吸血殭屍復活恐慌，真相究竟是……？

14 縱火犯與女巫

縱火犯作惡、女巫妖言惑眾、愛麗絲妙計慶生日，三個短篇大放異彩！

15 近視眼殺人兇手

大好青年死於教授書房，一副金絲眼鏡竟然暴露兇手神秘身份？

16 奪命的結晶

一個麵包、一堆數字、一杯咖啡，帶出三個案情峰迴路轉的短篇故事！

17 史上最強的女敵手

為了一張相片，怪盜羅蘋、美艷歌手和體面國王競相爭奪，當中有何秘密？

18 逃獄大追捕

騙子馬奇逃獄，福爾摩斯識破其巧妙的越獄方法，並攀越雪山展開大追捕！

19 瀕死的大偵探

黑死病肆虐倫敦，大偵探也不幸染病，但病菌殺人的背後竟隱藏着可怕的內情！

20 西部大決鬥

黑幫橫行美國西部小鎮，七兄弟聯手對抗卻誤墮敵人陷阱，神秘槍客出手相助引發大決鬥！

21 蜜蜂謀殺案

蜜蜂突然集體斃命，死因何在？空中懸頭，是魔術還是不祥預兆？兩宗奇案挑戰福爾摩斯推理極限！

22 連環失蹤大探案

退役軍人和私家偵探連環失蹤，福爾摩斯出手調查，揭開兩宗環環相扣的大失蹤之謎！

23 幽靈的哭泣

老富豪被殺，地上留下血字「phantom cry」（幽靈哭泣），究竟有何所指？